日和

沖ななも

OKI Nanamo

北冬舎

日和＊目次

一

装丁＝大原信泉

日和

一

電線の仕事

日ごと日ごと土かわきゆく鉢のあり土も苦しき鉢も苦しき

季《とき》くれば熟れゆく果実根も土も幹もこぞりて熟れしめんとす

電線の仕事ぞこれも朝ごとに雀止まらす鴉止まらす

ふりむけばだあれもおらず朝顔が青いつぶてをかかげておりぬ

片端から忘れてゆけり忘れてはならぬことなどいくばくもなく

思いの丈ぶちまけるような文を書くゆめなるわれは一心不乱

道にある石ころ一つ蹴りゆける秋の憂いのようなる石を

朝は長　昼半　夜に入りて七分　十月のある日の袖のことなる

腹筋に力込めよと言われつつ木のポーズせり一本足で

無理のないところまで反れと言われしが無理しなければ到達はせず

十本の指が分をわきまえて五本指靴下にしかとおさまる

てのひらに掬いし水が口元まで運ぶあいまに指よりこぼる

間をおきてさいごのしずくぽっとりと落ちて大樋《おおひ》焼にみどりただよう

十六夜《いざよい》の月はゆるりと電線を離れてゆけりほほえむごとく

身をまもるすべ

郁子《むべ》の実が落ちずに年を越す構え落ちる力も失いたるか

なに鳥か来ているならん窓の外の枝こきざみに揺れ始めたり

身をまもるすべとて肺炎球菌を少量植えぬほんの少々

胃カメラは年齢相応を映し出す化粧も整形もとどかぬところ

表面が凍れば水のなかは寂《じゃく》しんかんと魚は命はぐくむ

蠟梅の咲きてしずかに散りゆけり誰に待たるることなく今年

真顔なる水仙一本咲きはじむ財かたむきて去りし人の家

アンゴラのショールをかけて出でゆける誰かにあえそうな夕まぐれ

あぶり出しのようなる月が浮かびいてようやく寒さのゆるむ気配す

熱

体内に八度六分のマグマありわれのうちなるふいの叛乱

体内の熱気いっきに噴きいだす埋もれていたる何が怒るか

下がりつつ上がり下がりてまた上がる一日われの身をしめる熱

八度九分と言えばマスクをしてきてと言い放つ医院の受付嬢は

こんなにも熱するものがあったのか隅には置けぬ華寿といいける

右を向き左を向きて熱を遣る足裏二枚を布団より出し

唇の乾けば熱の身も乾く棒鱈のように寝ているばかり

身の芯の熱が沸点に達したと子鬼が跳ねて告げてゆきたり

そろそろと頭あぐればゆらぎなきはずの天地が条理失う

「冷えぴた」がピタッと貼りつき三時間ちからの尽きて反りはじめくる

八度からひたと下がらずかたくなに何を相手に闘うわれか

母が来て幼き頃の友が来て何か言いつつゆっくりと消ゆ

一杯の水が体内にしみ透り鎮火となるか焼け石なるか

空腹を覚えしときが風邪癒える兆しなるらん牛乳《ミルク》あたたむ

こんなところに

いまは雪いまは冬晴れ今いまを重ねていつか死ぬべくありぬ

こんなところに融《と》け残りいる雪があり運動靴のつまさきで蹴る

西窓はデンマークカクタスのために開く光が好きという顔すれば

セレベスのまったり煮えて一日中セレベス芋を恋いおり舌が

百八つとも四万八千ともいういったい誰の数えしボンノウ

出会いがしらここに会えるが百年目　三十分を聞き役となる

「ココア」と頼めばオレもという落葉　濡れてもおらぬがややしめっぽい

板と板が離れぬように身を賭して役目を全うしたるこの釘

ごみ

側溝のすきまゆいでて咲ける花おのれのありようを知っているのか

はやばやと綿毛をとばし蒲公英《たんぽぽ》の余生といわん風に吹かれて

まいまいの殻が微風にころがりぬさみしいと言う相手もおらず

玄関の鍵二つ開けただいまと声にして言う母亡きのちも

こんな日は鍋にかぎると母言いきそうこんな日は母思い出す

どうやっても見えないものはしかたなくだらりと両手を垂れて立ちおり

傷つかぬ言葉選《よ》られて「手元用」めがねをひとつ新調したり

「燃えない」の籠にすとんと落としつつ燃せば燃えるとおもうこのごみ

会ってからのあれやこれやを想像し会えばどれともちがうなりゆき

むかいあう二脚の椅子が春の日を誰も坐らぬままに明るし

そのとき

もう爪が伸びてきたると見ていたり一週間前は思い出せずに

竹の子をゆでいる四十分の間《あい》ときどき覗くときどき突つく

電子辞書しばらく触れずにおりたればひとりでに閉ずすねるごとくに

ゲラのうら広告のうらメモのうらわが工房は裏町にある

一人にはやや広すぎる机にて書く読む食べるうつ伏せに寝る

初夏《はつなつ》となれば大きく窓を開けやっさもっさを逃がしてしまう

宅配の来たれば眼鏡かけかえて机を立ちぬ腰をのばして

どうしようかどうなることかと目守《まも》るうち柱時計が五つ打ちたり

チョコレート二片食べて出でゆかん七人の敵の一人のもとへ

一杯のコーヒー飲まんと行く「蘭豆《らんず》」氷温熟成珈琲という

コーヒーカップの底ひにたまるほのかなる甘みを干して席を立ちくる

待合室診察室を往き来するのびちぢみする時間のなかで

西の日が店の奥まで入り来て照らすところに猫まるまれり

とりあえずとまず飲むビールの一口は奇《あや》にかしこく喉もとすべる

木の間からもれくる光が根の瘤に射すは一時そのときに遭う

竹の梯子立てかけてあり夜に来て登らんとおもう空までぬけん

明るい森

鈴生《すずな》りとはこれのことかと見上げいる柿が鈴生り音はせねども

まぶしさにまなこつむればまなうらの明るくてふと忘るる今を

庭石のくぼみに水がたまりおりへこむあたりを水は好める

ケータイを開きしままに居眠ればケータイも眠るわが掌《て》の中で

乱雑で不思議な机なかんずくボールペンが減ったり増えたり

木から木へ渡りてゆける一本の絹糸《けんし》の風ありすだまの袖か

木枯らしの音する夕べに亡き母は帰りきてわれを叱咤すらんか

夢の中の母は薄着で饒舌で菜の花のような耳たぶなりき

「真っ黒な赤」と記され木瓜《ぼけ》の鉢ひっそりとある冬の盆栽

枯れるかと思う寸前に水をやるこの寸前をときたま違《たが》う

こんなにも明るい森につつまるるいっときがある冬のはじめに

従順

わずかなる傾斜をみせて一筋の流れが足元くぐりゆきたり

高きから低きへ流るかにかくに川の水ばかりにはあらざれば

早すぎたかと待ち合わせ場所に佇めば早すぎちゃってと笑顔が近づく

つるし柿店先に吊るしありしかばつと手の伸びて「おいくらですか」

干柿は手間がかかると田舎出の人が言いける干柿《かき》食べながら

白壁がいまにも崩れんとするところバス停ありて人乗り降りす

ゆくりなく出会いし稲荷社由緒あると言われて由緒聞きて忘れる

大いなる空間とおもう四車線の国道を誰も通らぬときあり

暗くならば灯る門灯くもり日の天に従順早々ともる

廊下とはよそなるひびき我が家にはあらずかくして走るあたわず

一人とはこんなにすべらスリッパが窓際に片方風呂場に片方

いつまでも

角ごとに人差し指が指し示すいったいどこへ行けというのか

目覚ましの鳴る前に目覚める習慣のいつか目覚めぬ日の来るまでは

いつまでもと老い人に言う無限とは人間界のことにはあらず

色あせて捨てんとしたるブラウスの小さな染みもともに棄てんか

よぎりゆき振り向きざまに野良《のら》猫が言う霊長類かおまえごときが

襟首を温《ぬく》めよという足首をあたためよというネックは首ぞ

どういうことはないさと検診票四つにたたんでバッグにしまう

雪だよと言われて見たり引力にげに素直なるものの姿を

葉を落とし落としつくして冬の木の仏陀のあばらのごとき夕暮れ

パッチン留め

春なれや雨の中にも開きゆくアケビの雄花アケビの雌花

山椒の、椿の、柘植の、木蓮の、芽立ちが競う若木老木《おいぎ》も

レモンバーム人差し指と中指で抓めりきゅっと香りが跳べり

もったいないと言いて一皿たいらげるこれはわが身のどこを養う

目をつむる目を開《あ》く瞑る瞼《まなぶた》は一生いちずな開閉の具

触感の痛い痒いのほかならんくすぐったくてくすぐったくて

本能というかたまりをだっこしておーよしよしと言いてゆすぶる

かけらほども言葉にならねどたっぷりのおしゃべりをする生後百日

パッチンと留めればパッチン留めというパチンと押さえるあばれる髪を

二

領域

どこまでが人の領域どこからが神の領域　弥生十一日

なぎ倒し叩き潰して押し流し葬頭《そうず》河原の鬼の手と足

ときに海も激情にからるることあらん人類滅亡のプログラムのなか

欠けてゆく月のごとくに水際が沈み込んでしまう三陸

倒せるは倒し流せるは流し去り引き上げてゆく波の凱歌は

哲学的無は現実的無に及ばざり海辺に広がる現実的無

セシウムのしろがねのいろ沃素の黒プルトニウムの白も魔性の

みずからが発熱をする金属の暴走を止める手立てもなくて

さきゆき

内部からむろん外部《そと》からも苛《さいな》めるこのセシウムのせつなき重さ

メルトダウン　ベクレル　セシウム　生涯に知らずともよき言葉なりしが

これの世の色《しき》はすなわち空《くう》にして空はすなわち海に沿う街

うつくしま福島はいま「フクシマ」と記され疼く底ごもりつつ

福島のあっけらかんと青い空なるほどおまえに責任はない

やっぱりと思うこと多く今朝の紙面やっぱり「やらせ」が蠢いていた

不適切な行為のために断罪する不適切なる新聞紙面

うすうすは感じていたるかにかくに奴と奴とがまさにぐるなり

見えないから怖いねという女たちのさきゆきのこと放射能のこと

白銅の二センチの玉　百円と書かれてあれば百円の価値

祖

ひいじいさんの名前を尋ねくる兄に答えんとして位牌を裏返《かえ》す

曾祖母か双手隠して写りいるこの一枚のこの高齢者

父母、祖父母、曾祖父母、みっつの位牌ありわが祖として朝朝まつる

三代をさかのぼること容易《たやす》かる祖の人生を知るよすがなし

われも一度「赤ちゃん」と呼ばれしことのある、とは思えない皺の寄りよう

腱鞘炎と自己診断し湿布する右の手首はわれに抗う

内科医も歯科医外科医も眼科医も年相応と診断くだす

カルシウム不足を補う二粒がテーブルの上に鎮座まします

母を呼ぶよその子供の声のして道幅いっぱい夕ぐれてゆく

身に余るリュックを背負い街行ける少年家出にしては長閑《のどか》で

カッカッーと鳴けばカアアと鳴きかえす鴉にしかわからぬ鴉語は

老眼鏡はずして寝ねん世の中はあいまいがよくおのれのために
しかるべきときに掛けんと控えおく眼鏡が机の上に鎮まる

天の論理

体重をかけて押さえて蓋をするそんな人生もあることはある

自分史というほどのこと何もなく白紙のままに一生おわるか

祝福も受けず生まれてお悔みもあらず生終う亀も鴉も

ひょっとこのような顔して歩む子と目が合うときのわれもひょっとこ

誰を待つということならね駅前にしばらく立てり雨脚見つつ

オブラート一枚向こうの舗装路をゆっくり歩く君を見送る

バス停に前のめりになって佇っている彼が見えたり未明のゆめに

寄り掛かるところを探し寄り掛かるあなたでないかもしれない何か

ひとしずくの雨滴が川となるまでを天の論理と誰か宣う

おそらくは打ち捨てられし空瓶がようやく溜めた雨水の嵩《かさ》

枝を払い風を通すが肝要と植木屋言えり槐門《かいもん》の衰《すい》

錦玉糖ふたつ買いおく雨間《あまあい》の誰も来ないかもしれぬ土曜日

馬鈴薯はレイアンショに保存しろという霊の保存にも適しています

エアータオルの噴き出し口に掌《てのひら》を開きぬ何か戴くかたち

大公の孫

木の下に横たうアゲハ上側の羽が動けり風吹くたびに

放っておいてくれとばかりにさらばえる紅葉《もみじ》一本裏門の脇

切り株があれば芽の生ゆ土くれがあれば芽生える大公の孫

公孫樹《いちょう》の実小さきを一つ見つければつぎつぎと増ゆ目にみゆる青

大いなる樟の木の下碑を読めりしずく重たき傘をつぼめて

葉の裏は棲みやすからんくろぐろとちいさき虫は居場所わけあう

宙を舞うは楽しみならんしかれどもついには地の上《へ》に落ちつく落ち葉

紅葉《もみじ》の葉浮き沈みつつ底に落つおちつくところにおちつきゆくか

鬼

鬼《き》ノ《の》城《じょう》

石を積み石を積みまた石を積む鬼の居城は守りの固し

鬼とても生きねばならず井戸を掘り竈《へっつい》を据え祈りもなして

温羅《うら》の目を射抜きしは鋭き一矢にて最新鋭の飛び道具なる

温羅《うら》と呼ばれ鬼と呼ばれし異国びと討ち滅ぼさる桃少年に

温羅《うら》の首うずめし上に築きたる竈《へっつい》が呻き釜高らかに鳴る

信貴山

空鉢が蔵を持ち上げ飛びきたる信貴山朝護孫子寺に平地はあらず

山道を空鉢護法堂へたどり着くアルミのポットに水をみたして

うっすらとかすみたなびきうっすらと見えぬあたりの貴かれこそ

生きる

黒土が息するごとし雨すぎて夕影のさす葱の畑は

ひじりこを割りて雑草の芽の出ずる生きるとはそも一本勝負

窓をあけ腕を伸ばして確かむる降り始めたる細かい雨を

雨音の聞こえて窓を開けたれば月がでており月光に音あり

あ、月、と誰か言いたり　あ、月、と言いけるときに彼うなずきし

いつになく陽気な声で掛けてくる電話の向こうは夕焼けこやけ

生まれこし赤子が「いや」を言えるまで成長をしたると思う夕ぐれ

いずこにも誰にも一つ名前あり名を呼ばれればはいと返事す

おほしさまになっちゃうのかとどんど焼きの火の粉指さす子どもなりしが

木々の枝を飾る青色ダイオード香りも味も無くかがやけり

みずからのライトにみずからの行く先を照らしつつバイク一台行けり

宵のうちに丸め捨てられし紙反故が一夜をかけて息吹き返す

三

わが骨

ただいまと言えば家内《やぬち》に何やらが動けりおまえもさみしかったか

何気なく履くスリッパにどこことのう右ひだりありて履き替えている

十年前に逝きたる母に来るハガキ補聴器の調子はいかがですか

母の話、父の話にわずかずつ齟齬あり兄妹というといえども

年取るは生きてる証拠とみずからを励まし年を重ねき母は

沈黙が金《きん》とは誰が言ったのか黙って逝きし人を思うも

あの人が転んだひょうしにこの人が倒れてもなんら事もなく過ぐ

犬という生をまっとうすることを諾うならん地に伏す犬は

レントゲンにうつしだされしわが骨の堂々として主《あるじ》をしのぐ

諸葛亮孔明がごと大根の地に深くして世には出でこず

二年もの三年ものと記されて日曜市に売らるる沢庵

とみこうみ表も裏も眺めつつ染付け茶碗買わずに帰る

冷凍の魚を冷凍庫から移し梅根性の弱るのを待つ

目玉までしゃぶりつくして一匹を征服したる思いに箸おく

脇正面

これをどうぞとさし出されたるてのひらに三つの青いふきのしゅうとめ

シクラメンちぢみてゆけり後ずさりするように花の萎みてゆけり

みてくれの若さに今生の価値を置く女の人の口のなめらか

一歳のときを憶えているというろくでもなしが恋人である

どうもどうもと言われてどうもと頭《ず》を下ぐる誰だったかとめぐらしながら

おのこの声おみなごの声なにがなし幼きながら色の異なる

隣のやんちゃ、向かいのおしゃまが入学す一丁前に学生《がくしよう》となん

あ、揺れた小さく揺れたと思うとき緊急地震速報入る

正面と脇の正面という配置あり脇正面に坐るしばらく

いつからかどこからかきてここにある朴の枯葉に行くところなく

春うらら

二十四時間無言で通す日のありて寝る前にあーと一声発す

もみじとも枯色ともつかぬ葉をいだき年を越したり落葉の木々

平等というのはこれか牛も虫も草木も盗人《ぬすっと》も放射能浴ぶ

活動をすれば必ずゴミが出る運動会も原子力発電所も

クリーンなものなど幻のごとくして電気起こせば廃棄物たまる

干し芋を三片《みきれ》食べて朝食の代わりとしたり夜明かしの日は

会合を一つキャンセルひとつの誘い断り寝《い》ぬる一日がほど

体にいいと言われて飲める青汁のどこがどういいのかは知らず

玄関に枯葉一枚迷い込み家族のような顔に居据わる

きのうきょう郁子《むべ》の小花の散りつづく吾を忘れているかのように

土の上に描かれた線路に立ってみる銀河鉄道か何かのように

どうみても傾いている電柱を好むか鴉今朝も止まれり

跳ね上がる紙を押さえるのが役目ついに飛びたてぬ鉄の水鳥

文鎮は文をしずめるものならずあばれる紙を押さえるだけで

百歳と聞けばだれもがひれ伏しぬ百年の「時」にひとは平伏す

一礼をなして帰り来　命畢《おわ》る一瞬があり生きるものには

生《あ》れて育ち交尾して果つ生き物は単純がよし春うらら、らら

屋久島

死んでからそこに横たわる杉の木の生命をまっとうしたる姿に

あるとき、どうと倒れてそのまんま何十年も横たわる杉

ヒメシャラと杉が表皮を共有しひしと交わる音もあらずき

木と岩が抱き合うように生きているおそらく苦しさを超えたのだろう

根か枝か余蘖《よげつ》か樹上植物かどっちだっていいじゃないかと杉は

いさらいの白毛をこちらに向けている鹿とわれとが路を分け合う

水の音いゝさらゝいゝさらゝときこえくるわれの徒歩なる速度をもちて

空洞というもの精なる気の満ちて寄るものは来よ哀しきは来よ

胸をそり脚まげて腰をそりながら梢は見えず千年杉の

たやすくは梢を見せぬ杉どちの矜持が光をこぼしてみせる

仏陀杉、阿弥陀杉はた縄文杉紀元杉いずれも人界の外

雨水が最良の伴侶大杉も小杉も苔も雨ばかり待つ

〈悠久〉がここにはありぬ悠久は木々を太らせ渓を穿てり

札所八十八分の二

一つカーブ切ればたちまち次のカーブ次の勾配九十九《つくも》に余る

一馬力に及ばぬデミオの仕事率神峯《こうのみね》まで息の続かず

神峯《こうのみね》なるほどここは神の峯二キロにわたる坂の坂の上

「まっ縦」と呼ばるるそうな怖いもの知らずの登る二十七番

うかつにも「幽径九十九《つづら》折《おり》」知らざりきお大師さまにゆだねきたれば

宙に敷くロープを命綱にしてたやすく行かんとする太龍寺

みはるかす舎心ヶ嶽の岩のうえ空海の頭まるまるとあり

大杉の上空二百メートルにわが足はあり索道を行く

山頂の先の尖なる岩に坐る空海は空に向かうのだろうか

はるか望む鶴林寺の屋根遠く遠く掌《てのひら》あわせ「さんまいえ　そわか」

*

御厨人窟

地の果てるきわのましたの洞窟に虚空蔵求聞持法成る

天狗からみれば小さき穴ならんひらべったくて二つ並んで

振り向けば水平線の一本は〈絶対〉という一直線

黙然信受

教会の窓のガラスがひったりと秋を映してなめらかにある

入間野の秋はきたれり四十八年「虚空を旅す」石川信夫は

一つ死をまなかに置きて蜘蛛の巣は秋の光の中にかがやく

触らずもそうばん落つる柿の実の黙然信受黙然信受

枇杷の木の下を行き来す秋晴れのこの日は影の下を通って

みおぼえのある後ろ姿に声をかくこれしきのことに勇気ふるって
何かしら彼の向こうに我が知らぬぶあつい時間をまとうならずや

阿吽

隣り家の窓が阿《あ》という向かい家の窓が吽《うん》という、うちの窓から

一匹の虫の入りくるつかの間を窓は呆けておりしか夕べ

むかご飯むかごを知らぬ若者に振舞わんとす薯蕷《とろろ》を添えて

エプロンをかけて仕事すポケットにボールペン　ケータイ　巻尺入れて

ボールペンのインクが徐々に減りゆくを貯金がたまるように見ている

つまるところこれが独りというならん金太郎来よ桃太郎来よ

爪を切る

秋の日の上昇気流にまかれゆく翼《よく》もつもののもせつなかるべし

水面につばさをこするようにして一羽が飛べば一羽が追えり

一匹の猫も通らぬ昼さがり九谷の茶碗がほっかり割れぬ

あやまたず伸びきし爪を切らんとし徒労ということふと考える

さしあたり死に目にあいたき父母おらず明かりのしたで爪を切りおり

一碗の粥も入れざる胃の腑あり入らぬばかりかさしもどしくる

きゅるきゅるとねじれる胃袋ぐゎんぐゎんと波立つ脳髄朝と夕べに

階段は登るか降りるかしかすがに登るばかりが能にはあらず

夜の雨、昼の細かい、明けがたのしっとりと降る風情よろしき

空を映す水たまりあり久方の空を離れぬ水たまりなり

低気圧がここにありますと指し示すあたりに住まう何万世帯

冬天を指す

戦争を知らざるは幸　戦争をおこさぬは賢　師走八日の

大統領選挙に沸ける国の情勢やがてわれらの暮らし左右す

十二月三十一日うしろでに扉を閉めるごとくにいたり

電線の鳴る音のする十二月三十一日、あと一分で明く

興福寺の鐘はやも鳴りはじむ東大寺の鐘に先立つこと小半時

わが歩幅にあわぬ石段のぼりつめ息あらく吐く塔の真下の

空を見よ頭《かしら》を上げよ興福寺の五重塔は冬天を指す

あおによし奈良の大仏その視野に入らんとして膝近く寄る

呼吸《いき》をするごとくについと跳ね上がる大仏殿の棟上の鴟尾《しび》

人にあたり石につまずきむらぎものこころさざなみだつる元日

四

深夜の秒針

こんなところに西の日が射すと思いつつ角を曲がれり豆腐屋の角

隣家《となりや》の南天　向かいのピラカンサ　裏家《うら》の千両　わが家の椿

玻璃窓の外にはみぞれ裡にはと言いかけてパウル・クレーのモザイク

浮世にはごみ当番というものあり箒塵取り門に置かれて

一輪車に乗る子がひょろり竹とんぼの形しながら近づいてくる

コバ　チュウバ　オオバと出世したれどもイワシは鯨の髭にも満たず

あなにやし独居老人として記さるる民生委員の名簿のなかに

どの靴を履こうか扉あけてみるどこにも行きたくない靴の顔

ブラックホールのようにひとつ空《あ》いている満員バスの優先席が

自動車のすぎたるのちに自動車の匂いの残る道に立ちおり

生きている証にナスカ人が掘っていし地上絵のごとき畑畝

鉄砲の音かと思う鉄砲の音を聞きたることあらざれど

呼気吸気一対にしてホットヨガ息することに専念しつつ

コードレスの受話器はあわれうらがなし見えぬところで声低く鳴く

息つめて深夜の秒針見ておりぬ地球の鼓動を測るごとくに

一月は木枯らしのように如月は疾風《はやて》のように過ぎて弥生《いやおい》

つつがなく帰りてゆけよ北へ向く鳥たち翼をつよく打ちつつ

九十九里

ツツツツツッツツツッツツツッとゆく千鳥なかの一羽は片足の無く

ちいちいと千鳥は鳴けり身の内をいできし声が浜をとびかう

火の力

原始、火は神なりしかば迦具土《かぐつち》神の突発性精神分裂
原始の火は原子の火とは異なれりわれら享受し生きこしものを

われらついに手にしたるもの消せぬ火の力、五万十万年余

火か水か風か原子かわれはいま何をたのまん朝《あした》冷え込む

少しずつ温められきて沸点を知らざりきわれ蛙に劣る

ここんとこ大事よというここんとこ赤線引けばいかようにもなる

蜘蛛の巣がかかっていると子が指せりなかぞらは人の領分ならず

蜘蛛の巣は蜘蛛の栖にはあらず蜘蛛の眠りも安からなくに

羊の毛ぬぎて水鳥の毛のなかにもぐりぬ朝まで眠らんために

新玉葱

片足で立って靴下穿くときにわずかに縒《よ》れる体の軸は

日の文字の歪みをなおしているうちに目となり月となるこの一文字

スリッパが二足テーブルの下にあり独りでは帰れぬ孫のようなり

嬰児《みどりご》は首のうしろに力込め人生《ひとよ》の幕を開けるごと這う

ももいろのサテンの靴がはじめての履物となる小さき足の

日に何度涙と同じ成分の目薬をさす手元において

低気圧の通る真下に今いるとひたいの痛さが教えてくれぬ

新型のインフルエンザ旧型の人間を嚙むひとりまた一人

指先が冷たいとおもうその指先春のキャベツをきざみつづけて

新玉葱の白さはこの世のものならずスライスしつつ踵を浮かす

よろこびは新玉葱のこの甘さ　ノードレッシング、ノーマヨネーズ

鳶尾《いちはつ》を破滅に追い込む萱草《かんぞう》の一つ一つを穿《ほじ》りて捨てつ

昆虫の屍骸《むくろ》を運ぶ蟻たちにも夕暮れが来る朝明けがくる

真夜中にタイヤの擦れる音聞こえ誰かがこの世を旅立ちゆけり

ふつふつと

「昔はね」がふと口をつくこのごろがガラスの窓にうつるこのごろ

足裏のひとところ固く意地を張り一世《ひとよ》の悔いのごとくにがんこ

なっちゃんが四年生になるという春の休みに自転車漕いで

向かい家の子供の声が風にのり自転車の音がそのあとを追う

ワーキングとウォーキングは似ておりぬ単調なれど達成感あり

ここがこう　あそこがこうと説明する端から嘘がみえかくれして

「あなたには言ってなかったの」と天と地がひっくりかえるようなもの言い

ふつふつとわきあがりきし言の葉をつかまえてみんと眼をつむりたり

自販機が「おすすめ」の明かりともしおりわが内奥を覗き見ながら

イタリアのワインはドイツにまさるとぞイタリア生れのドイツ人言う

茅屋のわが家にも神は区別なく通草《あけび》・郁子《むべ》咲き山椒香る

三月はくもりのうちに過ぎさりて四月まっさらさくらの散りぬ

歩く

霊山寺

霊山寺は歩きのはじめ装束を調えついでに覚悟を決めぬ

二番へと向かう背中の軽やかにその後のことは足にまかせむ

細々と山へ入り行く止まりがちな足に一本の杖を添わせて

歩く歩く歩く四万八千歩おんあぼきゃべいろしゃのうまかぼだら

大地からの力いただき歩を進むまにはんどまじんばらはらばりたやうん

「おんあぼきゃべいろしゃのうまかぼだらまにはんどまじんばらはらばりたやうん」（光明真言）

地と空の中に在りたり生きること立つ歩くこと息を吸うこと

石を踏み草を踏みつつ行く道の　日は傾きぬ　どこらあたりか

空も時も蘇《かえ》ることなししかすがに今あることの基《もとい》とおもう

三番四番、五番はすでに靄のなか道ばかり見て土ばかり見つ

お四国は白帷子《しろかたびら》に朱の輪袈裟　足を頼りて杖をたよりて

万歩計

近頃は泣かなくなったと思いつつ山椒の葉をパチンと叩く

咲きおえて貝母《ばいも》きいろく萎れゆき間なく細葉も茎も殉じん

開閉のたびに外れる網戸にて道をはずしし家主の住めり

何にでも区別があるのをこの世という「燃えるゴミの日」「燃えないゴミの日」

眼をつむりベンチに坐れば自転車の錆の匂いの近づいてくる

筋肉の硬いところをやんわりと触りてきたる午後の日差しは

無人駅のホームは春日あまねくて誰もが遠し誰もが淡し

一本の道が川へといざなえり起伏のあらぬ細き砂利道

万歩計をポケットに入れて歩き出す用なき歩みは人間のもの

一日の二十四分の一をかけ六二一〇歩ついやす

小松菜が値引きをされて横たわるかたわら過ぎてふとたち戻る

水遣りの手間がいらぬと買いきたるサボテン水のやりすぎで枯らす

浦島の太郎というが糸垂れる昨年とちがう日陰の場所に

年年に花の小さくなりながらクレマチス咲く色薄く咲く

ブロックに小さき穴ありその中にうごめくものあり覗く人あり

ひとり

ほらそこと窓指す人に朝の日のあたりてふいにきょうを熱くす

ブランコのかすかに揺れているところ通れり子供の体温があり

父の享年越えたるという男いて残る時間を何に染めあぐ

一つ二つと数えて十《とお》までできたところそれからさきはひとつにもどり

ぽつりぽつりカリリカリリとつつがなく歳の数ほど炒り豆食うぶ

石を蹴ればおのれの爪先痛からむ学校帰りの子の孤独さは

「ごんぎつね」の絵本開けば思いのほか幼い狐が背を丸めいる

庭に降る雨を見ていつ窓に散る雨を見ていつ昼も夕べも

一匹の蚊を眼のすみに追いながらパソコンを打つ雨にこもる午後

うっとうしいほどに繁れる郁子《むべ》の木にお詫び程度の青き実がなる

独りなればひとりの時をやりすごす牛の涎のような一日

いんげんの胡麻よごしから食べはじめかれこれ九時を回っただろうか

さといもはやわらかく烏賊はほっこりと煮えて一人もわるくはないか

誰も来ず誰とも話さぬ夜に見るオランダみやげの赤い木の靴

積みあぐる皿の一枚一枚に光が宿るときを眺めつ

少しずつ波満ちてくる潮時を眠らんための体操をせり

ぼんやりと灯りのともる置時計眠りの神の降りてくるまで

海辺のアトム

五百年千年立ちて立ちつづけ杉の木ついに天に届かず

檜葉《ひば》の木の角を曲がれば西日射し過去世というは戻れぬ地平

気がつけば彼らはむっくと起き上がる不死身なるかな海辺のアトム

セシウムのみえざるは罪　人として負う罪負わせる罪を持ちつつ

二年半経ちて復旧したるもの過剰冷房過剰電飾

卵がさきか鶏がさきか発電所の電源なければ発電できず

日本が破綻するという話　眼をつむり聞く眼をあけて聴く

三歳が跳び、跳ね、転び、ごろり寝ぬ再生可能エネルギー源

花が咲く花がしおれる宿根草紫蘭の緻密な繁殖計画

鶯も郭公も百舌も辞書のなか季節も場所も問わず鳴けます

古椅子

古椅子がせっぱつまったこえを出す吾《わ》が坐る時われが立つとき

朝顔の蔓からませて立ち枯れの木がありかかる役目のありぬ

日やけどめ塗りて日ざかりの街に出《い》ず誰もが素顔をさらすにあらず

熱湯でやけどをしたる指先に午後の神経があつまっている

非常停止釦が押されかにかくに常にあらねば電車止まれり

一匹の虫の動きはゆうぜんと見ゆれどいかにか虫のこころは

「ほととぎす」鳥か草かとめぐらしぬ前後のことばをたぐりながらに

北の窓東の窓を開け放ち遠く異国の風を迎えむ

お手元用めがねを抓んではずすときここから遅い夕暮れになる

運命

昼からの床のすずしさごろごろと床にしたしむ半時がほど

一本の髪の毛が顔にまといつくそんな思いの一日があり

食べたもの順に思い出してゆく老いのテストを横目に見おり

なんとなく掌《てのひら》を見つ皺なんぞに運命みられてたまるか

諺は言の技かと聞きながらわざわいになる口をいましむ

とるとらぬとるとらぬとる花占のさいごのはなびら食べてしまえり

やりすぎもやらなすぎもよくないと鉢の水遣りのごとき子育て

ゆっくりとふくらむ切り干ししかすがに水を飲んでも太るとおみなは

ボールペンつかいきるとき何かこう肩のあたりに軽さをおぼゆ

むさぼる

朝の陽は力を持ちて昇り来ぬ冬の一日をたのむ思いに

知らされず知らざるわが無知　事おきてメルトダウンなる言葉を知りき

玄関にこぼれいる土はきよせる土にもあるべきところあるべし

左手がややに長いと思いつつ洗濯物を竿に広げる

ウォーキングシューズ、パンプス、スニーカー、納めてわれの下駄箱静か

一度では多すぎると思いつつ三度に分けて梨たべおわる

食べ放題パケット放題し放題　暖衣飽食もすぎれば瘧《おこり》

十戒の一つにまどう「貪らない」一日一日のわれ何をむさぼる

伊達締めをほどけばいかにもうすうすと身を締め付けていたる終日

甘酒におろし生姜を入れて飲む夕べを待ちて熱々にして

五

そらみつ

奈良

角二つ頭《ず》に埋《うず》めたる鹿どもが身を寄せくるに痩せたるその身

大極殿を照らす明かりの消えるまで闇になるまで窓辺におりぬ

誰を案内したるというか猿田彦ぎらぎらと目を光らせながら

閉ざされし扉の前で手をあわせ頭を下ぐる秘仏とて誰も

*

薬師寺

思いのほか太き腕《かいな》に見とれいる日光菩薩月光菩薩の

五つ重《え》なる塔の庇にやどりたる闇が写れりわれのカメラに

*

唐招提寺　隅鬼

大屋根のいかにか重き隅鬼《すみおに》がひしゃげて支うる一二〇〇年

金堂の庇を支える隅鬼を見んと凝らせどしかとは見えず

厚く重い庇を支える隅鬼の目が宙に浮くにらみつけつつ

隅鬼のまなこが見つめる四方の空なにかあるのか空とは何か

命かけ得る主君のあるは羨し田道間守《たじまもり》の島しずまりかえる

はめごろし

鐘の音を聞かんと窓を開けんとしはめごろしなるにふっと気づけり

旧年を新年にわたす行事にて鐘を聞きおりガラス戸ごしに

こともなく年は明けたり何か拓く何か明け行く思いを持ちて

年明けて重ね加えるものありぬ笑っちゃうほど加速しながら

風を待つ慶雲を待つ人を待つかくて年経るゆめのまにまに

にんげんはかくも祈れるものなるか深く祈りぬ人は祈りぬ

下敷きの文字は文字として思うまま筆を動かす今年の写経

どことなく力という字によりゆけり六十過ぎればみなぎるはなく

日向

遠くよりうなずく人と目が合いぬ言わずもがなの愚痴言いしとき

眼力と視力は違うといいながら新聞を読むかたわらのひと

念のためと鞄に入れて来し傘がだんまり坊のように重たい

傘さすかささぬか迷いいるうちに小さな雨があがってしまう

太陽を隠していたる一群《ひとむれ》の雲に隙《すき》ありひかりの零《こぼ》る

冬の日は誰のものにもあらざれば一直線に日向を歩む

そこに在るだけでスマホの消費する電力いくばく原子炉が生む

足指でグーチョキパーをしておりぬ呼び出し音のつづく間を

飛ぶ鳥

年明けになりてもアケビ葉の落ちずつらからん時を逃してアケビ

くれないの花を落としてシクラメンの茎立ちしまま幾日《いくひ》もたえる

臘梅のいまだ幼きみどり芽にこのさきの雨このさきの霜

真冬なみから五月の陽気になるというきょうとあしたの崖っぷちに立つ

池の辺のメタセコイアは冬天を支えておりぬ直立のまま

玄関の鍵かけおれば目のすみに鴉の羽のごときが飛べり

板壁に背中をつけて見ておりぬ鴉が風に戻されいるを

飛ぶ鳥にも目的意識はあるならん一直線に目の前を飛ぶ

読まぬまま新聞を袋に入れていく三日がほどの旅から戻り

ソックスの片割れどうしが残りたりどこかに片割れどうしあるべし

五本指のくつした履けり四本目五本目いかにか離れ難くて

三色ペンのまず黒が減り赤が減り残れる青を使わずに捨つ

使いきりしボールペン一本捨てんとし五街道全踏破の気分

車一台除《の》ければあらわになる土に小さく青いものの芽の出づ

鳥に近く

オリンピック開幕前のテレビにて俊鶻丸《しゅんこつまる》※の航海を見つ

※ビキニ沖放射能観測船

地上の餌ねらうごときまなこしてスタートラインに立てり男は

鳥の目となるのか何を見つめるか雪の山々遠く連なる

重力にさからいて飛ぶ男らは滞空時間の長さをきそう

転倒し負けたる選手へつきつける刃のような白いマイクは

高く飛べ遠くへ飛べと願いつつ痛みは彼のものなりながら

日の落ちるまで

明日からは寒さが戻りくるという夕べにしきり母の思わる

十年余捨てずにおきしが考えて一度着て捨つ母のパジャマを

転居先不明の一葉《いちよう》戻りくる見知らぬ人の湿りをおびて

彼《か》の人に流れし十年わが上に流れし十年　別々にある

ひらひらと手のひらかざして消えゆける後ろ姿の君を見送る

不確定要素多分にふくみつつ花見の約束かわせり彼と

今日一日ひとつも嘘はつかざると思えりきょうは誰とも会わず

正直の上に二文字がつくようなカーナビの通りに走ることなし

門の外《と》に一歩も出ずに終る日の陽の落ちつくすまでを見ており

日の落ちるまでを見尽くし窓を閉むもうとりかえしつかぬごとくに

「人を求む」としんぶんにあり求むるはせつなしことに人を求むは

丸三年経ちて3・11を語れり生きている人たちは

墓参りの約束をせり　春彼岸　生き残りいる者はにぎやか

風の音がかすかに聞こゆ風になる人もおるべしこんな夜には

枕辺の目覚まし時計をセットする十分ほどを糊代《のりしろ》として

電波時計一分一秒のくるいなく面白くもなし正確というは

いついろの紐

長野善光寺

見あげれば花びら一つほろほろと笑いころげるように散りくる

何となくそぞろな気持ち抑えつつ人を待ちおり柱にもたれ

五つ色の紐を引いては手をあわすわれも姥なり神仏に依る

神仏をたのむ思いのわくというや近からん彼の岸の辺は

しずやかに扉開かれ現世の空気をまとう准胝観音

十二年ごとの午年細く細く五色の糸は中空を伸ぶ

聖観音遠くおわせるしなやかな指よりもるる五色のひかり

＊

遠くよりつぶやくように神が鳴りひとつ大きくため息をつく

神が鳴る　雨をともない来る神のやりどころなき思いかこれは

雨を遣り小さき影をつくりつつ墓に参れり父と母との

沈む

八ッ場ダム

六年後は水底になるという駅に降り立つ金魚のような口して

誰のためにか湖底に沈む木や石や土や虫たち　今を生きいる

倒木も若木も太きヒコバエも無言なり無言のままに沈むか

村人の住みいし家の毀されて人の気配も人も毀さる

水底に沈む木々たち五月尽今年の花を終わらせている

夕べの鐘

過ぎ行きは夕日のように明るくて微風のようにとんとつかめず

誰の撞く鐘か夕べを聞こえきてある感傷を揺らしてゆけり

思い出となるか五月の青き葉のそよぐを見ればかの人思う

戦争もかの内紛も遠いことそう思わせる薔薇の香りは

*

唐津

いくすじの朝鮮唐津の景色ありぽとり釉薬のまるいふくらみ

三百年育てられたる唐つ物色を深めていまここにある

焼き物は陶工が生み使い手が育てるという手に乗せてみる

唐の津というといえどもやまとのくに　大和の国なる唐人町は

ころがるように

稜線がぼやけてきたと思う間に雨の降りくる甲府のあたり

「一房の葡萄」の作者は誰だったか一粒一粒食みつつ思う

果物は栄養、　いやいや果物は毒とゆずらぬ二人の論者

生きものは命おとろう猫がもう眼《まなこ》をつむり餌に近づかぬ

右ひだり尻を揺らして歩み去るついていきたくなるような猫

枯れざるも苦しからんに人間はころがるように歳をとりゆく

幼き日身の丈越ゆる白犬を飼いていたりき飼わるるごとく

待つということも少なくなりきたり待たせることもなく過ぎる時

きのうきょう

桂の木のふときいっぽんが吐く酸素きょうわれが吸いかの人が吸う

早く逝くは口惜しからん遅く逝くは寂しくあらん糠雨の降る

東の窓開けたるままに丸寝して足裏風にくすぐられいつ

山沿いは宵から雨との予報あり遠山見つつ雨戸を閉めぬ

雨の音を聴きつついつしか落ちてゆく眠りはうさぎの穴のようなる

生き死にの話をしつつクッキーの減りゆく女子会雷は遠のく

綿パンツ四度《よど》折り返し向う脛見せて歩けり梅雨入り近く

折りたたみ、晴雨兼用、パラソルと使い分けつつ六月を遣る

一文字草、大文字草、十文字草よくよく文字の好きな国民

SOSボタンに指の描かれてあればふと人差し指うごく

そっと押すゆっくりずらすポンと押す柔肌あやしスマートフォンは

外は雨と思いて寝につくときの間を書きそんじたる手紙をおもう

月もなく星もなき夜の空を行く鴉もおらん闇に紛れて

雨音のこころにしみるきのうきょう年とったなあと思うもおろか

あとがき

『白湯』に続く歌集である。

「白湯」が読めないという読者がいた。つまり、「さゆ」という言葉が古くなったということなのだろう。

しかし、古いことが何か私には、快い。時代のズレともいえるのだが、かえって自分の時代感覚に正直な気がする。ともかく自分の性にあっていると思うのだ。

そして今回は「日和」。「縁側」でもよかったかもしれないと思うほど、のんびりした題名である。長閑な晩年のようでもある。ともかく、二冊を纏め上げたことに一息ついている。

『白湯』を「上」の趣とすれば、この集は「下」というところである。引き続いて北冬舎の柳下和久さんに出版の一切をお願いすることができたのは有り難いことであった。また、装丁の大原信泉さん、校正の久保田夏帆さんにもお世話になったことを記し、あわせてお礼申し上げたい。

この二冊が久しぶりの歌集の刊行であったので、あらたな気持で、次への一歩にしたいと思っている。

二〇一六年　弥生

沖ななも

本歌集収録の作品は、「歌壇」「弦」「埼玉歌人」「日月」「世界樹」「短歌」「短歌往来」「短歌研究」「短歌現代」「ぱにあ」「赤旗」「うた新聞」「現代短歌新聞」「埼玉新聞」「毎日新聞」「熾」などに、２０１０年(平成22年)—２０１４年(平成26年)に発表した５２７首です。本書は著者の第十歌集になります。

熾叢書No.69

著者略歴

沖ななも

おきななも

1945年(昭和20年)9月24日、茨城県生まれ。74年、「個性」入会。83年、第一歌集『衣裳哲学』で第27回現代歌人協会賞受賞。94年、佐藤信弘と「詞法」を創刊。2004年、「熾」創刊、代表。主な著書に、詩集『花の影絵』(1971年、若い人社)、歌集に、『衣裳哲学』(82年、不識書院)、『機知の足首』(86年、短歌新聞社)、『木鼠浄土』(91年、沖積舎)、『ふたりごころ』(92年、河出書房新社)、『天の穴』(95年、短歌新聞社)、『沖ななも歌集』(現代短歌文庫34、2001年、砂子屋書房)、『一粒』(03年、同前)、『三つ栗』(07年、角川書店)、『木』(09年、短歌新聞社)、『白湯』(15年、北冬舎)、エッセイ・評論集に、『森岡貞香の歌』(1992年、雁書館)、『樹木巡礼』(97年、北冬舎)、『優雅に楽しむ短歌』(99年、日東書院)、『神の木民の木』(2008年、NHK出版)、『今から始める短歌入門』(11年、飯塚書店)、『季節の楽章』(12年、本阿弥書店)、『明日へつなぐ言葉』(13年、北冬舎)、『埼玉地名ぶらり詠み歩き』(15年、さきたま出版会)などがある。

日和《ひより》

2016年5月17日　初版印刷
2016年5月25日　初版発行

著者
沖ななも

発行人
柳下和久

発行所
北冬舎
〒101-0062東京都千代田区神田駿河台1-5-6-408
電話・FAX　03-3292-0350
振替口座　00130-7-74750
http://hokutousya.jimdo.com/

印刷・製本　株式会社シナノ

ISBN978-4-903792-58-3 C0092